幼兒社區探索系列

公園

U0106112

袁妙霞／著

新雅文化事業有限公司
www.sunya.com.hk

今天，爸爸媽媽帶着邦邦和美美去探望祖父母。

爺爺見邦邦、美美閒着無聊，説道：「我們到附近的公園去玩，好不好？」不用説，回答爺爺的自然是兩個孩子的歡呼聲。

爺爺家附近的公園很大。一進公園，就是一大片美麗的花圃，還有隨處可見的高大樹木。

邦邦說：「爺爺，公園裏的花比你家的花好看多了。」

為什麼我們不可以採摘花朵？

在觀賞植物時，記得不能隨便伸手觸摸、採摘或吞食。因為公園裏不少常見的觀賞植物都是有毒的，例如：繡球花、風信子、牽牛花、杜鵑花、萬年青、含羞草、水仙和聖誕花等等。

　　天真的美美提議：「那就摘些回家吧！」

　　「公園的花是給公眾欣賞的，不是給我一個人看的。看到那個告示牌嗎？」爺爺笑着説。

「種植並不是一件容易的事。感謝園丁叔叔日常照顧，公園裏才有這麼多花朵，這麼多樹木，這麼大片的草地，環境才可以這麼優美。」爺爺說。

小知識 樹木也要看醫生的嗎？

樹木也會生病的，樹藝師負責定期觀察和檢查樹木，就像醫生般診斷樹木的健康和生長狀況，例如：找出它們致病的成因、評估樹木有沒有倒塌的危險等，因此也常被稱為「樹醫生」。而攀樹師則負責執行修剪、護理樹木的工作，如：攀上樹木清理有危險的樹幹。

　　來到公園，邦邦和美美最想去的，
自然是兒童遊樂區。那裏有鞦韆、滑梯、
攀架、蹺蹺板，都是兄妹倆喜歡玩的。

邦邦和美美都是好孩子。他們知道，遇到人多的時候，不要硬擠，而是有秩序地排隊。

「邦邦，你衝向鞦韆，那是很危險的。」爺爺看見邦邦衝向搖擺中的鞦韆，連忙阻止。

小知識

為什麼我們在公園裏不應追逐奔跑？

我們要守規則，注意安全。我們在公園追逐奔跑，很可能會跌倒，亦會撞倒別人或是撞上正在使用的玩樂設施，發生危險。

話剛說完，爺爺又看見美美想從滑梯底部向上爬。爺爺說：「滑梯是從上面滑下來，不是從底部爬上去的。如果你向上爬的時候，遇到小朋友向下滑，那就撞個正着了。」

　　玩耍的時候，必須注意安全啊！

為什麼我們要排隊使用設施？

公園是公共設施，大家都有權使用，我們不應長時間佔用設施。大家要學習排隊輪流使用玩樂設施，學會尊重別人，耐心等待不搶先。

邦邦喜歡在鞦韆上盪來盪去，但他已經盪了好一會，還有其他小朋友想玩呢！

公園的設施大家都可以享用，不能一人獨佔太久。

況且，邦邦有點餓了，便從鞦韆上下來。

「我們找張椅子休息，吃點東西。」爺爺說。

草地對面就有一排椅子。本來穿過草地是最便捷的，但他們看見「請勿踐踏草地」的告示牌，三人便沿草地旁的小徑走到對面去。

他們走經健身區，這裏有很多健身設施。

「多做運動身體好！每天早上，我都來這裏鍛鍊身體，飯後又來公園散步，幫助消化。」爺爺說。

公園裏有什麼設施？

公園是供市民進行戶外康樂活動、休憩的場所。在大型的公園裏，還有各種休憩花園、水池、人工瀑布、緩跑徑、運動場，以及供成人或長者使用的健身設施等等，迎合不同年齡市民的需要；兒童要注意必須在大人的看護下才可使用合適的運動設施。

「爺爺，我能玩嗎？」好動的邦邦問道。

「不同設施適合不同年齡的人，你們還是去兒童遊樂區吧！」爺爺說。

今天天氣很好，公園內遊人不少。有玩樂的、健身的、散步的，也有忙裏偷閒來小休的。

「我們先去洗手，再坐下來休息和吃東西。」爺爺説。

公園很大，洗手間在哪裏呢？幸好四處都有清晰的方向牌，給遊人指路。

洗手間

健身區

從洗手間出來，玩累了的邦邦見前面有一張長椅，便走過去躺了下來。

「一張長椅本可給三個人坐下休息，你躺下的話，就只可你一人休息。我們要有公德心，不可一人霸佔一張長椅。」爺爺說。

邦邦馬上坐起來，讓出座位給爺爺和美美。

爺爺從背包拿出三文治和水，分給邦邦和美美。吃完東西，三人坐着聊天時，看見兩位姨姨，拿着重物，想找個地方歇息。

小知識

我們可以帶小狗到公園去嗎？

公園是讓人們休憩的地方，不少公園都不可攜帶犬隻入內。我們可以帶小狗到寵物公園玩耍，那裏設有涼亭、座椅、狗廁所或狗糞收集箱，以及寵物遊戲設施，讓主人跟寵物安全地遊玩。

「姨姨，你坐吧，我們都坐很久了。」邦邦和美美主動站起來說。

「謝謝你們。」兩位姨姨看來真的累了，連忙放下重物，坐下休息。

「好孩子！」爺爺稱讚孩子說。

休息過後，邦邦看到附近有一個魚池。

「爺爺，我想去餵魚。」邦邦說。

「我也想去。」美美不甘落後。

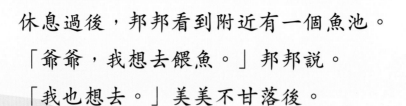

小知識

公園裏的水池有魚兒嗎？

有些公園裏設有亭台、魚池、人工小瀑布或湖泊，提供清幽的生態環境讓遊人欣賞。魚池中常見有錦鯉或烏龜，還有種植睡蓮或荷花等植物。在觀賞時要注意安全，切勿攀越欄杆。我們也不可把魚類、龜隻或其他小動物帶到水中放生。

「我們可以觀賞魚兒，但絕對不能餵魚。胡亂餵食會污染池水，會導致魚兒生病甚至死亡。你們也不想看見魚兒生病吧？」

邦邦和美美喜歡看魚兒在池塘中游來游去，當然不想牠們生病了。

三人準備出發回家，一位清潔叔叔剛好來
清理垃圾箱。

邦邦和美美說：「謝謝清潔叔叔。」

小知識

公園的環境設施由什麼人員來維護的呢？

除了園丁，公園裏還有很多清潔工辛勤地為市民服務，維護設施。他們負責清掃公園裏的樹葉和垃圾，保持環境優美。我們要有公德心，愛護公物，不應弄污或塗鴉設施。

在走向公園出口的途中，爺爺說：「香港還有很多環境優美、設施齊全的公園。有一個公園，裏面就有兒童遊樂場、迷宮花園、歷奇樂園、瞭望台、鳥湖、泳池等。你們想去玩嗎？」

不用說，回答爺爺的，自然又是兩個孩子的歡呼聲。

小知識

公園裏還有哪些好玩的地方呢？

有的公園裏設有廣闊的草地、花園迷宮等設施供遊人玩樂。在大型的公園裏，更有飼養動物、雀鳥、爬蟲等讓遊人認識，例如香港動植物公園、九龍公園及屯門公園等。

知多一點點

我們的社區裏設有大大小小的公園。小朋友，你最喜歡哪些設施呢？
快來一起看看吧！

在兒童遊樂區裏，有不少滑梯和攀架。

公園裏有好玩的搖搖馬，各有不同的造型。

不少公園裏設有長者健身設施，例如健
身單車和太極輪。

在大型公園裏，我們還可以觀賞各種美
麗的雀鳥。

攀樹師攀上樹木修剪樹幹，避免樹枝掉下傷人。

園丁和清潔工們辛勤地護理公園的植物和設施。

公園是讓人們休息、做運動和遊戲的好地方。在玩樂時，我們也要注意安全。小朋友，你能遵守以下的使用規則嗎？

① 玩耍時，懂得排隊，耐心等待使用設施。

② 守秩序，不會插隊和推撞他人。

③ 不追逐亂跑，以免撞倒別人。

④ 愛護公物，不塗鴉設施。

⑤ 不會霸佔公園裏的設施。

⑥ 不要從滑梯爬上去，免生危險。

⑦ 注意安全，不要隨便跟陌生人離開。

幼兒社區探索系列

公園

作　　者：袁妙霞

繪　　者：黃裳

責任編輯：胡頌茵

設　　計：劉麗萍

出　　版：新雅文化事業有限公司

　　　　　香港英皇道499號北角工業大廈18樓

　　　　　電話：（852）2138 7998

　　　　　傳真：（852）2597 4003

　　　　　網址：http://www.sunya.com.hk

　　　　　電郵：marketing@sunya.com.hk

發　　行：香港聯合書刊物流有限公司

　　　　　香港荃灣德士古道220-248號荃灣工業中心16樓

　　　　　電話：（852）2150 2100　　傳真：（852）2407 3062

　　　　　電郵：info@suplogistics.com.hk

印　　刷：中華商務彩色印刷有限公司

　　　　　香港新界大埔汀麗路36號

版　　次：二〇二四年六月初版

ISBN: 978-962-08-8408-5

Traditional Chinese Edition © 2024 Sun Ya Publications (HK) Ltd.
18/F, North Point Industrial Building, 499 King's Road, Hong Kong
Published in Hong Kong SAR, China
Printed in China

鳴謝：

本書照片由Dreamstime 授權許可使用。